휴머니스트

휴머니스트

—

초판 1쇄 2025년 6월 10일
지은이 최성아
펴낸이 김영재
펴낸곳 책만드는집

—

주소 서울 마포구 양화로3길 99, 4층 (04022)
전화 3142-1585·6
팩스 336-8908
전자우편 chaekjip@naver.com
출판등록 1994년 1월 13일 제10-927호

* 본 도서는 2025년 부산광역시, 부산문화재단 〈부산문화예술지원사업〉으로 지원을 받았습니다.

부산광역시 BUSAN METROPOLITAN CITY 부산문화재단 BUSAN CULTURAL FOUNDATION

—

ISBN 978-89-7944-897-9 (04810)
ISBN 978-89-7944-354-7 (세트)

책 만 드 는 집
시인선 260

최성아 시조집

휴머니스트

책만드는집

| 여는 시조 |

푸른 산 담고 싶어 발걸음 옮기는데
뒤돌면 그 자리다 언저리 맴만 도는
자욱한 안개 비집고 산자락을 붙든다

가슴에 바람 한 줌
땀 식힐 그늘 한 채
숲으로 눈 돌리며 나눔을 닮고 싶다
매만진 시어의 품이 아우름의 길이길

2025년 초여름
부산 동래 최성아

| 차례 |

1부 어디든 설렘이다

2부 다시 또 태우리라

3부 사람 내음 입힌다

4부 바람 자리에 피다

5부 솟대 길이 열린다

1부

어디든 설렘이다

생략된 미학

바람이 눌러앉은 돌담을 필사하면
긴 음절 마디마다 열어둔 창이 있다
안과 밖 발걸음들이 낮게 낮게 넘나든

모나고 둥글둥글한 다름을 끌어안고
귀천 없는 자리매김 어울려 함께 가는
틈새로 오고 가는 말 소통이라 읽는다

비바람 걸러가며 피워 올린 민무늬
군더더기 다 지우니 조화미 생긴 걸까
발돋움 수더분한 배경
벽이 아닌 길이다

꽃의 반어법

포장을 풀지 않은 연초록 가장자리
오가는 푸른 말을 마디마디 덧대간다
잎새가 가다듬는 길
낮은 몸짓에 설레다

신록 이력 앞세워 어깨 으쓱대지 않는
발끝에 힘을 주며 하루를 건너간다
여린 틈 밀어 올리는
이파리가 꽃이다

뿌리 네트워크

속 텅 빈 겉피로도 물질하는 느티나무
제 자리 지키는 힘 어디서 오는 걸까
주문은 더 깊이 닿아
새순 꿈을 엮는다

물소리 바람 소리 혼자가 아니었다
보이지 않는 손이 내미는 길을 따라
수분을 주고받으며 뿌리 서로 닿는다

벼랑을 넘고 넘은 가파른 연초록 싹
생명줄 함께 끼운 땅속 통신을 읽는
고목을 올려다본다
나무 나라 그린다

신풍속도 13

작아서 못 보는 건 옛말로 넘어간다
눈치를 살짝 넣어 키워서 보는 재미
깨알을 잡아당기면 수박 덩이 따라온다

볼록렌즈 지구에서 하루를 헤엄치다
귀퉁이 숨겨봐도 어느새 따라잡는
노안도 걱정이 없다
손안에 든 읽기법

AI를 마주하다

펄펄 끓는 뚝배기를
한걸음에 들고 오는

무쇠 다리 그대와
눈이 딱 맞았지만

눈빛을 건네지 않는
달에서 온 여행자

풀꽃 단톡방

어디든 설렘이다 부름을 받는 일은
꽃의 손짓 하나에 꿀이 차오르듯
바람이 물고 온 풀씨
앉을 자리 찾는다

겨우내 눈빛 속에 휑하던 언덕배기
싸리꽃 멍석딸기 첫발을 디딘 그날
묻어둔 이름을 불러 채팅방을 펼친다

톡톡톡 떨군 씨앗 꽃 되고 열매 맺는
모서리 갈고 닦은 둥근 언어의 시간
박새도 응원을 한다
푸른 말을 나른다

층층이 산다

얽혀서 꾸는 꿈이 때때로 시들커든
피 나눈 층층끼리 아우르고 싶거들랑
거푸집 아파트살이 아웅다웅 부칠 때

아래서 뻗은 가지 위에서 손을 잡고
산울림 함께 크는 기림사 뒤편 숲속
볕뉘를 나누어가며 층층나무 꽃 핀다

입이 많은 나무

다자녀 선물 꾸러미 선심 쓰듯 뿌려도

겉핥기 물 주기는 뿌리에 닿지 못해

들추면 새어 나올까 아우성을 다독인다

봄을 심는 오후

비올라 바이올렛 할머니 손 탔을까
놓칠까 눈 못 떼는 너른 품에 팔랑댄다
양지쪽 옮겨 심는 봄
옹알이는 더 늘고

보고 싶다 말 삼키던 친손주 대신일까
붙드는 재롱 너머 주름살에 햇살 돋는
우수가 한참 지난 뜰
사람 내음 함께 핀다

시간의 무늬를 보다

미처 달리지 못한 속도가 남은 자리
금강 휴게소에 바람이 귀를 막는다
덜 풀린 타이어 자국 상행과 하행 사이

잠시 멈춘 걸음 너머 낯섦이 앉아있다
멀어진 차량 행렬 거리를 가늠하며
한 발짝 뒤로 물러난
가로세로 민무늬

화살로 튕겨 나간 시간을 잡아끈다
앞만 보고 달리던 올가미 벗어두고
움츠린 날개를 펴는 눈빛 다시 둥글다

어색한 비유

한때는 솎아내야 예뻤던 그 머리숱
불사른 젊음 너머 바람이 들락대다
빈자리 메꿀 수 없는
이냥저냥 늦가을

출생을 앞지르는 사망 수치 읽는 오후
눈에 띄게 주는 인구 도시도 탈모 중이다
별의별 좋다는 약들
처방전이 겉돈다

주간 리포트

이번 주는 육십 분을 더 많이 썼군요

유튜브 카카오톡 네이버 순서네요

기계음 체크 소리가 띠링띠링 따갑다

하루 평균 사용이 두 시간을 넘겼어요

혹시나 수면 장애 우울감은 없으신지

채용한 휴대폰 비서 사생활을 파고든다

4그램*을 읽다

무심코 쌓아두는 이메일 돌아본다
사 그램을 배출하는 한 통 메일 그 질량
늦도록 온라인에는
탄소 뭉치 떠다닌다

지구촌 불바다로 달구는 영상 너머
버려둔 스팸메일이 뿜어낸 천칠백만 톤
가둬둔 데이터 숲으로
청소 바람 불어라

* 데이터 센터에 자료를 저장하기 위해 전기를 쓰는데, 이메일 한 통 보낼 때마다 4g의 탄소를 배출한다고 한다.

강을 끼고 가는 기차

초여름 강물 소리 촉촉한 수채화다
어제를 포개 얹은 오늘이 흘러가면
역방향 느린 나들이 일렁임을 만나다

밀양행 무궁화호 바람을 등에 업고
헐렁한 틈 사이로 푸르게 덧칠한다
강이 된 꽃띠 중년들
주름살도 풀리겠다

체온을 빌려드립니다

찻잔을 기울이는
그대를 위한 채비

넘치는 섭씨 백 도
그쯤은 아니라도

언 속을 살짝 녹이는
에두른 길 언저리

물로 보는 거야

칠 할이나 되는데도 기 펴지 못하는 이들

피보다 연하다고 걸핏하면 따돌리기 일쑤 다수를 차지하고도 큰소리 한번 못 쳤지 저들끼리 자리 놓고 피 터지게 싸우다가도 필요하다 싶으면 물불 안 가리고 찾아댔지 우리들 도움 없이는 뿌리부터 우듬지까지 단 하루도 못 버티면서 있을 때 잘해야지 생명수니 샘 같다느니 정화수에 약수 자체거늘 지조 없는 물 같다 욕하지 말아야지 가만있는 우리더러 저들끼리 흔들어놓고 소신 없이 흔들린다 함부로 말 말아야지

치솟는 몸값 따라서
기 펼 날도 머잖소

2부

다시 또 태우리라

보시布施

손 예쁜 그 사람이 느닷없이 당기는 입
충치 없이 가지런한 젖니가 밟혔을까
머금은 젖비린내 너머
순한 말을 만진다

물보라 일던 바다 그릇에 일렁이는
꼼치탕 이름 없어 차려진 저녁 식탁
숨죽인 갯바람 소리
여린 팔뚝 다독인다

비雨

빗나간 일기예보 바닥 치는 신용 달고
청소 구직 몇 주 만에 기도가 닿았을까
새들의 배설물 닦는 일거리가 반갑다

구속 없는 프리랜서 부럽다 속 뒤집는
꽉 막힌 행렬 속에 하늘빛 더 낯선데
구성진 트로트 가락에 목이 메는 다저녁

날일꾼 발등 찍는 먹구름 흩어지면
빗줄기 아린 팔뚝 성긴 걸레 자국들
언제 또 품삯 챙길까 넋두리가 질펀하다

마음 사전 9

풀 한 포기 나지 않던
무채색 입언저리

붉어진 미소인 듯
봉오리 벌어진다

단물이 차오르는지
뱉는 말도 꽃이다

꼬리연

줄줄이 거느렸다 꽁지에 불나도록
바람길 타고 넘다 날개도 휘청대는
그 겨울 주저앉은 채
날 수 없는 그림자

십여 년 신불자로 고개 숙인 맏아들 놈
대물린 가난 앞에 비틀대는 둘째 녀석
덜 끕은 손가락 사이 어깨 떨군 벚나무

줄 끊어진 어르신네 허공이 가파르다
등골 휘던 꼬리마저 떨어진 언덕 너머
알뜰폰 만지작대는
한낮 공원 흐리다

얼음새꽃

날개에 하얀 눈이 슬며시 묻어나는
부리에 햇살 풀어 꽃망울 쪼아대는
복수초 작은 몸짓에 봄의 설렘 환하다

아주 작은 기별에도 귀를 세우는 오후
봄 무늬 깃털 가득 왈츠곡 펴 나른다
언 가슴 아울러 가는 나팔 소리 듣는다

재활받다

찔끔찔끔 밥물 새다 피부도 벗겨진다
몹쓸 병 아니지만 압력이 풀렸다네
스무 해 밥을 했으니
쓴웃음을 짓는다

어정쩡이 못 버려 물리치료 간다기에
이미 다 비웠는데 괜스레 부담된다
안주인 최측근이라 내치기가 어려웠나

먹이고 먹였으니
아름다운 대접이지
남은 힘 다 짜내어 다시 또 태우리라
수술한 흉터 감추며 인공지능 뽐낸다

대한, 나목

흔드는 바람 앞에 대꾸 한마디 않는

불씨를 깊이 묻은 제 사랑 지키고 선

다 버린 순한 사내는 배경으로 환하다

목 디스크

누구나 한 번쯤은 조아릴 때가 있는 건데
호들갑 휘두르며 위쪽만 쳐다본다
병 아닌 병명을 두고 거친 눈총 쏟아지는

어깨마다 힘 들어간 등 굽은 거북목들
자고 나면 깨어지는 갑질 흔적 높아가고
꺾여도 숙일 수 없다 하늘 높은 저 몸짓

깁스한 사람들의 굽히지 않는 결심
독을 품은 살모사 빳빳한 자세인가
목으로 잘못 찾아든 힘겨루기 바쁘다

충전 중

아날로그 배경으로 클릭 클릭 빠져든다

배터리 표시등에 새 힘이 찰 때까지

말 톡톡 쏘지 마셔요
후후 신상 털지 마요

봄 내레이터

생가지 보내고도 남은 숨 새살 돋아
뭉툭한 줄기 끝에 꽃송이 달고 있다
봄맞이 냉가슴에도
실금 몇 줄 터진 거다

풀어낸 응어리가 창백하게 흔들리면
먼저 온 동백 가지 넌지시 등 내민다
축 처진 어깨 너머로 토닥이는 메시지

꽁꽁 싸맨 마스크에 봄바람 스미는 날
느린 걸음 밀어내며 기지개 켜는 골목
목련을 부르고 있는
저 목소리 낯익다

건강 다이어리

백지로 그려지는 하루가 투명하다
수다도 과체중도 봉인해 둔 봄 한 철
일터와 집만 오가며 생략되는 페이지

뒤뚱대던 어스름엔 노을을 쟁여가며
구겨진 냉동 봉지 이름을 찾을 무렵
건네는 가족 사랑을 책갈피에 풀고 있다

하나로 가는 길

내딛는 걸음걸이 같을 수는 없지만
가진 품 여는 일이 오래된 명제이듯
정수기 온수 한 잔에 얼음덩이 녹는다

냉동실 언저리에 잔뜩 웅크리던 시간
컵 속의 온기 입어 말랑한 길을 간다
얼었던 경계를 허문
같은 방향 보폭들

가진 거 나눠가며 여린 곳 돌아보는
해동의 그림자가 아우르는 극과 극
색안경 시선을 풀면 봄 문턱을 넘겠다

바둑판도 아닌데

선택 없는 흑과 백
눈감은 낭떠러지

방향 튼 바람 앞에 떠밀릴 줄 모르는

내일은 잘 어우러진
색색 무지개 뜰까

일렁 일렁이다

터 잡고 불어나는 야금야금 속내 갉는

공짜 하나 쥐어진들 얼씨구 만족할까 두 개를 잡고 나면 구시렁 줄어들까 셋을 가지라 하면 짝 맞춘다 일 벌리고 네 개가 들어오면 숨겨둘 하나 더 바라지 다섯을 얻고 나면 하나쯤 나누어질까 여섯을 품고 나니 욕심은 파도일까 일곱을 넘어가면 뒷주머니 더 벌리고 여덟을 받아 들면 딴 주머니 묻어두지 아홉을 쟁여 가면 자식 터전 만들어질까 열까지 꽂아두면 대대손손 떵떵거릴까 안 먹어도 배부르고 만사가 일사천리거늘 금싸라기 눈독 들이며 손을 털 줄 모르지

단칼에 무를 자르듯
언제 불까 칼바람

3부

사람 내음 입힌다

휴머니스트

통돌이 세탁조가 과제를 발표한다
같은 물 나눠 먹고 땟자국 지워가는
어울러 살아가는 법
통 안에서 익힌단다

쉬운 일 힘든 일도 뒤엉켜 나눠보면
하루하루 씨름하는 참살이 터득할까
물벼락 맞은 자리에 사람 내음 입힌다

새뜻한 안목으로 젖은 꿈 말려가며
잘 익힌 멋을 얹어 새 길로 달려 나갈
채움을 아우른 무대 박수갈채 터진다

판사봉

속내를 뒤집어서 얼음 창에 비추고픈

한파에 익숙한 게
벌 받을 잘못인가

온천천 순한 물줄기 돌 세례가 무겁다

따뜻한 변신

붕어빵에 붕어 없다 말하기 좋아해도
온기를 나누려고 물 밖으로 올라왔다
한입에 겨울바람을 날려버린 저 역류

얇아진 지갑만큼 건네보는 군것질에
코흘리개 차가운 손 미소만큼 따뜻하다
첫눈이 내리던 골목 고소하게 감싸던

누구나 쉬운 만남 오래된 우리 이웃
포근한 외할머니 정겨운 손맛 같은
코로나 세한의 길에 맑은 입김 흐른다

마음 사전 3

하루를 헤아리며 지워내는 얼룩 몇 점
탑 쌓듯 아이 방의 거울을 닦아본다
웃자라 무거운 사랑
슬그머니 덜어내며

가을 통장

한 섬 단풍 물은 열두 달 부은 적금
집합 금지 받은 숲은 만기 앞둔 보험 깬다
바람이 수런거린다
거래 내역 엿보며

불황에 지친 거리 서둘러 잎 떨구고
햇살이 모인 자리 금싸라기 출렁이는
플러스 마이너스 찍는 올가을이 익고 있다

발코니, 부부

때 만난 잎새마다 단물이 실릴 동안
경칩 건넌 봄 내음에 담배 연기 깔린다
산소와 일산화탄소가 돌고 도는 발코니

골 깊은 날숨 위로 한 줄기 빛이 일듯
물 주고 잎맥 닦는 걸음이 촘촘하다
말없이 남편을 읽는 아내 응원 포개듯

불황을 떠멘 손이 잡고 싶은 초록 너머
닫힌 창 활짝 열어 바람을 걸러낸다
공존이 지나가는 길
기압골도 풀리겠다

바람의 문구

그 이름 버린 지 오래 한때는 잘나가던
단단물 다 빠지고 나뒹구는 잡동사니
어둠을 몰래 틈타서
전봇대에 맡겼다

우리는 쓰레기통이, 아닙니다 정말로
퍼붓듯 내뱉는 말 부메랑이 되는데
붉은 화 난도질하는
길 언저리를 쓴다

두통

빠름과 느림 차이 번개가 번쩍인다

선 넘은 욕심 덩이
천둥으로 내려치고

피뢰침 약만으로는 꺾지 못하는 기세

낙엽 이력서

들추는 네 별칭은 가을을 빚는 사람
푸석한 가슴 닦아 시어를 쏟아낸다
서두는 도시 발길에 은유 듬뿍 바르는

집 없는 벌레 찾아 추위 대신 껴안고
헐벗은 잔뿌리에게 체온을 나눠주다
우듬지 먼발치에서 성자로도 만나지

설렘을 덧대주는 사랑학 전임 강사
밋밋한 하루 뒤꼍 불꽃 한 점 되살리며
더듬다 보태는 이력 남는 칸이 없겠다

손이 빠른 여자

입맛 착착 감기는 유명세 맛집 찾다
하필 펄펄 뛰는 고등어와 눈이 맞아
나들이 다 내려놓고 냉장고를 채운다

골라 담는 반찬 시대 편한 길 널렸지만
한 끼 값에 일주일 치
장바구니 셈법이라
손맛을 덧대는 식탁 노을 함께 따습다

공존 그 어딘가

목줄 쥔 손가락이 휴대폰에 빠져든 새
영역을 표시하는 견공의 구식 셈법
끝나도 끝난 줄 모르는
아날로그와 디지털

액정에 비친 저를 킁킁대며 바라보다
빠르게 지나가는 화면을 내어주며
가까이 다가갈 수 없는
허공인 듯 비빈다

발 멈춘 풍경 한 폭 공존이 배경이다
그은 선을 지키는 따뜻함이 밀려드는
생태천 산책의 자리
두 세계가 돌아간다

알고리즘 군중

만진 건 다리 하나 코끼린 못 그리지

패거리 모여 앉아 뱀 다리라 말하기도

유튜브 믿고 따르다 중심 잡기 힘들지

웹 소통

무리에서 멀어지는 걸음을 조율할 때
벗어난 궤도만큼 흔적 냅다 지운다면
천 갈래 바다로 가는
강의 약속이 아니지

온라인 고갯길에 방향이 다른 계단
보고 싶은 댓글 찾아 한쪽만 올라서면
사방을 두루 감싸는 바람길을 못 읽지

매몰된 생각 늪에 빠져드는 날이거든
편 모아 술렁대는 물길 끄는 날이거든
돋보기 클릭 속으로 다시 닦고 보는 거지

색안경

목줄이 풀린 개가
목줄 한 개에게 왔다

누가 누굴 물었는지
아무도 묻지 않는다

방어에 피 흘리는데
공격한 개 안아 든다

미란다 원칙

어쩌다 잡혀 와서 자백을 강요받을까

짠물을 건네보고 어깨 살살 달래보고 부서질 듯 윽박질러 봐도 대답 없는 메아리다 반복되는 추궁에도 소귀에 경을 읽듯 똘똘 뭉친 똥고집에 자백받기 글렀나 보다 주어진 진술 거부권을 마음껏 쓰는 건지 자기에게 불리한 저 입을 열지 않는다 선임한 변호사 말만 꿀떡같이 따르는지 회유도 겁박에도 제 뜻 굽히지 않는다

겁 없는 백합조개는 기소유예 땅땅땅

4부

바람 자리에 피다

안전문, 말하다

긴 통화 연결음이 수신을 갈아탄다
언저리 사각진 틀 둥글게 깎아내며
묻어둔 안부 너머로 서로가 문이 되는

낙상이든 투신이든 걸음을 걸러낸다
도시철 스크린도어 헛발질 품어 안는
뒤돌면 닿을 것 같은 폭이 다른 바람길

후미진 골목 어귀 가로등 불빛으로
같은 곳 바라보며 손잡는 이웃으로
좌우로 삐거덕대며 메시지를 전한다

그때 거기

헐렁한 매무새로 풀밭을 서성이다
잎새가 품고 있는 풋정을 매만진다
잊고 산 말간 둘레를 돌아보는 해거름

가끔은 꿈길 열어 깍지 끼고 뛰어놀던
약속 따위 없었어도 길모퉁이 돌고 있을
클로버 네 잎을 찾는
긴 여행의 끝자락

마음 사전 4

아등바등 붙들수록 흔들리는 무게중심

살포시 건드리는 그 바람 때문이라는

수국이 자리 지키는 기울기를 읽는다

별 별 무리 지은 별

지친 시간 건너가는
어리광 다 받아낸다
이십오 시 제 몸 태워 비추는 가전 행성
거느린 인공지능에 집 안 가득 별이다

혼자 아닌 말동무 삼등성 기가지니
문턱 잘 넘어 다니는 이등성 청소 로봇
센서로 어둠 밝히는 오차 없는 태양계

가슴에 오래 품던 별을 따 사는 시대
신생의 작은 우주 거침없이 생겨나고
내닫는 별나라 건너 달까지도 따겠다

새로 난 길

크고 작은 옥상 위 풍기는 사람 내음
햇살에 묻어나는 생의 무늬를 읽다
발치에 펄럭대는 길
낮은 데로 눈 돌리는

긴 수렁 빠져나온 과거는 묻지 말자
허공의 손을 빌려 말간 하늘 비춰가며
늘어진 빨랫줄 감아 다짐으로 걷는다

바람 자리에 피다

지상을 순례하다 첫눈에 발을 내린
곱다시 부화시켜 자장가로 속삭인다
별살도 까치발로 오는
손 타지 않은 둥지

긴 겨울 벗어내는 새순이 도드라지면
물안개 커튼 너머 속살을 드러낸다
훌훌 턴 마음자리에 사랑 내음 따라 피고

바람꽃 언저리에 보송하게 깔리는 봄
날개옷 꽃잎들이 하늘하늘 날아들고
먼 암자 독경이 따라와
막힌 귀를 후빈다

나눔이 길이 되는

백목련 나란한 매화
점점 흰 꿈을 꾸고

동백 옆 홍매화는
소문 없이 붉어가는

좁은 터 서로를 기대
봄 박자를 젓는다

현수막이 바람 타는

구독을 강요하는 지면이 펄럭인다
말이 아닌 글자가 오히려 독인 것을
좋아요 끌어들이는
저들 내막 가린 채

출근길 찌푸리는 팽팽한 편 가르기
진짜라 꾸며대며 미끼 마구 흔든다
터질 듯 부풀어 오른
민의 없는 구호들

인연 찾기

툭 티어 시원시원한 속내가 중요하지
막힌 데 하나 없이 물처럼 흘러야지
맞추기 쉽지 않을 거야
그런 일이 흔할까

강 바다 바라보는 감성도 필요하지
제각각 갖춘 능력 개성은 다 다르지
빌리는 인공지능은
과녁 맞힐 준비 중

손바닥 맞대듯이 마음 나란히 하면
맞잡고 이리저리 둥글게 닮아간다
배틀이 끝나고 나면
어깨 겯고 나가겠지

은행의 변명

진하게 쏘아대는 눈총 좀 거두시라

누구든 얼룩 없이 한 계절 건너갈까

구린내 감추고 사는 구두 밑창 널렸다

술에 대한 예의

술병을 동여맨 끈을
무늬로 그려 넣은
백자철화끈무늬병 익살을 읽는 저녁
속 깊은 도공의 뜻이 푹 찌르며 다가선다

마시고 남거들랑 허리춤에 차고 가는
취해도 꼿꼿하게 졸라야 멋이 되지
핑계로 비틀거리다 선 넘으면 벼랑이다

술이란 롤러코스터 탑승은 자유라지만
술좌석 취기라고 또 봐주면 어쩔 건가
꽉 묶은 성평등 줄을 팽팽하게 당긴다

강마을 편지

물안개 세필 들어
인사말 건네 오는

왜가리 긴 붓으로
건강을 물어 오는

노부부 걱정 말라며
손사래로 답하는

이끌듯 이끌리듯

손꼽는 새 아파트 조경을 맡을 거래
푸르게 거는 꿈을 바람결에 듣는다며
굵직한 팔뚝 사이로 사랑 평수 늘린다

햇살을 재어가며 촘촘하게 집을 얹다
산어귀 차지하고 중턱에도 발 내리는
가파른 보금자리에 일렁이는 바람들

나무는 사람 찾아 도시로 이사 오고
사람은 나무 좋아 산으로 산으로 가는
터 나눠 어우러지는 길과 길을 만난다

수국 2

거짓을 뱉지 않는
그대 전생 저울일까

흙의 내밀한 이력 투명하게 비춰주는

달구는 여름 앞에도
꿈쩍 않는 꽃송이

태풍 수배

몽타주 전단지가 밤낮으로 전파 탄다

제 편 열기 끌어들일 땐 순하게 굴더니만 전국을 두들겨 패 산천도 멍이 들고 물폭탄에 번개바람 쑥대밭 만들더니 같은 시간 같은 공간 민폐 뭉치 괴물이다 내뿜는 독설로도 민생 뿌리 막 뽑다가 여차여차 수틀리면 천지 사방 확 뒤엎고 칼 꺼낸 막무가내 묻지 마 인명 살상 방심은 금물이라며 전국을 무장시킨다 입만 열면 쏟아지는 막말 광기 초토화로 똘똘 뭉친 아집 덩이 우리 땅의 테러 세력
빛무리 몰아내고 어둠으로 진격하며 무차별 일발 장전 폭탄 공격 위태롭다 아가리 크게 벌리고 순식간에 내달리며 에너지 공급 뒷배에다 망나니 춤사위까지 일거수일투족이 시시각각 노출되게 공격과 방어 사이 공개수사 촉구한다

몰염치 몰지각한 무리 하루빨리 자멸하라

5부

솟대 길이 열린다

까마귀 열병식

비상의 꿈을 꾸는 일몰의 그루터기
노을에 반사되는 군무가 타오른다
언저리 두루 챙기는 날갯짓이 더 환한

먼 북방 추위 피해 날아온 철새 군단
달래고 타이르고 자유로운 규율 너머
허공에 컴퍼스 댄 듯 바람 원을 그린다

직선에 각 세우며 바쁘게 몰아치다
앞에서 뒤통수치고 별별 줄 서는 시대
태화강 검푸른 대숲
솟대 길이 열린다

바람 수분受粉

벌 나비 발길 없이 들락날락 손 탔을까
사랑의 종소리가 꽃대궁에 퍼져간다
도토리 단꿈에 젖는
솔로 탈출 언저리

꽃이란 이름으로 콧대 높이지 않는다
잎사귀 품을 열어 누구든 반겨주는
산 중턱 참나무 가로수
때를 알고 몸 낮춘다

바다 서가

참 오래 기다렸다며 안내하는 공룡 발자국
고서를 가득 채운 층층 문을 열어준다
몰려든 독서 인파는 열람하기 바쁘고

수억 년 간직해 온 원본이 바래지 않아
이따금 꺼내 보는 바람도 놀랐겠지
신생대 사다리 타고 베껴보는 행간들

책으로 지층 쌓은 뭇별을 들춰내면
글 외는 해조음은 밀려들다 사라지고
상족암 바다 별곡을 파도 기대 읽는다

주연이라며

일렁이는 금빛 행렬
첫손에 꼽는다더니

무대에 세우는 건 국화나 단풍이지

벼들이 고개 숙여도
보는 눈은 있는데

싸락눈

다급히 내미는 손에 잡힐 듯 바람 타는
부업 알선 전단지가 퇴근길에 나풀댄다
발걸음 헤집어 놓고 코웃음을 남긴 채

넘치는 시간 산다 동아줄 내릴 것처럼
기대를 반쯤 접은 바람이 아득하다
가뭄도 해갈 못 하는 메스꺼운 저 상술

개구쟁이 손뼉 치는 함박눈 아니라도
대지를 적셔주는 자국눈쯤 되어야지
빙판길 엎치락뒤치락 곱지 않은 눈이 온다

나이테

거울 속 또 다른 나
자꾸만 낯이 설다

환하게 웃어봐도
예외 없이 그대로다

초고속 자기열차가
간이역에 머물 때

설렘이 서성이는

아련한 발걸음이 여기로 데려왔나
우체국 가는 길은 비손을 달고 간다
오고 간 흔적 너머로 기다림을 엮은 채

모퉁이 돌아가다 혹시나 떨어뜨렸을
반추된 기억 조각 햇살에 일렁일까
눈 닦고 다시 와봐도
흐르는 건 바람뿐

묶어 보낸 기대의 끈 어디쯤 잇는 걸까
해마다 도지는 병 허공에 문을 열고
다 빠진 풍선 채우며 설렘 다시 나른다

장화 신은 코스모스

아파트 만든다며 이웃 다 떠난 어귀

남은 살림살이에 가을이 터 내렸다

햇살에 공짜로 빌린 일 년짜리 보금자리

증언하다

혀끝에 차오르는 오류를 뱉어내는
부릅뜬 꽃불 행진 시류를 타고 있다
붉은 말 동백 꽃대가 목이 쉬는 한나절

피멍울 질편하던 행간에 밑줄 긋고
떨어진 꽃을 줍는 삼월이 울컥댄다
하늘은 퍼렇게 살아 속내 꿰고 있는데

말문을 막아가며 검은 속 드러내는
침략을 접어둔 채 할퀴는 꽃샘바람
생채기 강점을 감싼
얼치기 말
툭
툭
툭

꽃나이

가을 어디 꽃의 괄호 채 닫지 못했지만
꽃중년 가지에도 부르면 피어나는
푸석한 나이테 결이 단지 젖는 그런 날

한 묶음 안겨주며 더 붉게 물들이던
발효된 가장자리 이름 슬쩍 불러보면
오래된 바람이 분다
단풍잎도 꽃이다

푸른 하늘의 날*

깃털로 날고 싶은 투명한 하늘이다
파랗게 문을 여는 컴퓨터 바탕 화면
자판 위 지친 하루를 구름 위에 실어주는

지구를 씻어내다 빛 잃은 흔적 따라
푸름을 되찾으려 언저리 펼치는 날
들숨을 깊이 마셔도 괜찮을지 묻는다

서랍에서 끄집어낸 미세먼지 계산서
대기질 털고 닦아 맑은 허공 걸겠지
파랑새 날아가는 길
영상 밖을 비춘다

* 2019년 우리나라가 발의해 UN에서 지정한, 푸른 하늘을 위한 국제 맑은 공기의 날.

렌즈 속으로
–온천천 132

부리에 야생 물고 물속에서 삼키는데

물 밖에 하늘대는 날개에 맞춘 초점

왜가리 품위 주문하는 영상 너머 사람들

스포츠카 미끄러지다

버스를 기다리는 출근길 가장자리
눈총 백 발 꽂히고도 허세 더 남았는지
네 바퀴 선을 넘은 채
유영하는 교차로

안과 밖 틈 사이로 날아드는 시선 너머
도시의 안녕 위한 비상등 깜빡이는데
짙은 색 선팅 유리가 벽을 쌓아 올린다

모퉁이 돌아 나온 아침 햇살 환한 날
낯선 굉음 휩쓸리던 바람도 돌아오고
참새 떼 줄지어 앉아 놀란 가슴 붙든다

가로수대로 서정11길

구린내 물씬 나는 현장을 들킬까 봐

지우고 다시 치고 미화원과 씨름하는

은행잎 폴리스 라인 도시 서정 지킬까

3월, 정류장

빈자리 눈이 가다 신열 먼저 도진다
모퉁이 돌아오는 바람을 앞세우며
등 떠민 새봄 걸음은 양지쪽에 섰는데

끊일 듯 이어지는 그림자 남겨둔 채
헤어진 가슴 가득 꽃샘에 구멍 뚫린
시계추 되돌려 보는
우리 괜찮다 괜찮다

활짝 핀 꽃잎 너머 금 긋듯 지나가는
밀려드는 사람 사이 만남 또 재촉하며
걸어둔 다짐을 풀어 귀엣말로 다독인다

감춰진 진실

모자로 사는 입은 천 근쯤은 돼야겠지

듬성듬성 정수리를 살며시 덮어주고 머리칼 기름기도 가리고 꾸며주지 날 찾는 어르신에 꼬마 아이 할 것 없이 마음을 푹 놓으시라 눈 찡긋 해드리지 보여도 안 보이는 척 들려도 안 들리는 척 숨소리 죽여가며 몸을 더 낮추는 거지 하고픈 말 있어도 나는 없는 사람이라며 어디든 내 존재 내세우지 않는 거지 가만히 있는데도 들리는 영업 비밀 신용이 생명이라 무조건 덮는 거지 어느 높은 누구 모양 캐비닛에 숨겼다 여차하면 꺼내 들고 뒤통수 갈기지 않지

때로는 착한 거짓말이 보약일 때 있는 게지

| 해설 |

어울려 통하는 것이 삶이고 서정임을 잘 보여주는 시편들

이경철 문학평론가

"물안개 세필 들어/ 인사말 건네 오는// 왜가리 긴 붓으로/ 건강을 물어 오는// 노부부 걱정 말라며/ 손사래로 답하는"(「강마을 편지」 전문)

재밌게 잘 읽히면서도 서정성이 빼어난 인간다운 시조

최성아 시인의 이번 시집 『휴머니스트』에 실린 시편들은 천진하다. 그러면서도 두루두루 어울려 살아가는 세상의 사람 냄새가 물씬 풍긴다. 공존의 철학과 속 깊은 정을 특유의 유희와 해학 기질로 재밌고 쉽게 전하고 있다.

무엇보다 시 본래의 자질인 서정과 서정을 가장 잘 압축한 정형시인 시조 미학에 충실하려 애쓰고 있다. 등단 20여 년에 시집도 활발히 펴내며 활동하고 있는 중견 시인이지만 매양 시의 기초로 돌아가 오늘의 서정을 새롭게 일구며 서로 정겹게, 사람답게 어울려 사는 세상을 보여주고 있다.

이번 시집의 이런 특장이 잘 드러나 있어 맨 위에 인용한 시 「강마을 편지」를 보시라. 물안개가 가는 붓으로 그린 듯 실낱처럼 피어오르는 강마을을 소재로 한 시다. 강마을에 으레 살게 마련인 왜가리와 노부부도 그려 넣으며 정겹게 살맛 나는 세상을 보여주고 있다.

위 시는 3장 6구 45자 안팎의 정형으로 짧게 응축된 단시조다. 극히 생략된 단시조이면서도 각 장에 차례로 '물안개', '왜가리', '노부부'가 등장하고 있다. 대자연, 동물, 사람이 동격으로 서로서로 안부 인사를 전하고 있다.

초장, 중장, 종장 각 장을 '-는'이란 어미로 반복, 마감하면서 끊임없이 돌고 돌며 이어지게 하는 효과를 내고 있다. 해서 「강마을 편지」는 우리네 삶도, 대자연도 이렇게 서로서로 공존하며 이어진다는 것을 짧은 단시조 한 편으로 선명하게 잘 드러낸 시로 읽힌다.

비올라 바이올렛 할머니 손 탔을까
놓칠까 눈 못 떼는 너른 품에 팔랑댄다
양지쪽 옮겨 심는 봄

옹알이는 더 늘고

보고 싶다 말 삼키던 친손주 대신일까
붙드는 재롱 너머 주름살에 햇살 돋는
우수가 한참 지난 뜰
사람 내음 함께 핀다
–「봄을 심는 오후」 전문

작은 봄꽃들을 옮겨 심으며 쓴 시, 참 천진하다. '천진天眞'이란 무엇인가. 아무런 꾸밈이 없는 본디의 자연스러운 모습이다. 잘 보이려, 뭔가 있어 보이려 우린 얼마나 꾸미며 자신과 자연을 왜곡하고 있는가.

그런 작위作爲나 꾸밈 등을 다 내려놓고 쓴 두 수로 된 연시조가 참 환하다. 주름살마저 환해 보이는 시 아닌가. 이런 꾸밈없이 환해 보이는 시 쓰기가 일부러 꾸미고 꾸민 시 쓰기보다 더 어렵고 더 윗길이라는 것을 시를 써본 사람이라면 익히 알고 있을 것이다. 자연과 사심 없이 어울려 자연스레 살려는 시적 자세, 신념이 이렇게 환하고 천진한 시를 낳았을 것이다.

한 섬 단풍 물은 열두 달 부은 적금
집합 금지 받은 숲은 만기 앞둔 보험 깬다
바람이 수런거린다

거래 내역 엿보며

불황에 지친 거리 서둘러 잎 떨구고
햇살이 모인 자리 금싸라기 출렁이는
플러스 마이너스 찍는 올가을이 익고 있다
–「가을 통장」 전문

한창 단풍 물 들다 어느 바람에 우수수 지는 가을 나뭇잎을 그린 시다. 그런 나뭇잎들을 불황에 만기 앞둔 보험이나 적금을 깨는 우리 사회와 연결하고 있다. 그런데도 풍자적이거나 비판적이지 않고 재미있게 읽힌다. 왜일까? 시인이 천진한 어린이 같은 마음에 유희, 해학 정신을 잃지 않고 있기 때문일 것이다. 타인의 입장에서 타자를 비판하는 풍자와 달리 우리 민족 고유 사상이자 미학인 해학은 나와 남 구분 없이 다 끌어안는 공존의 삶과 자연의 철학에서 자연스레 우러난 것이기 때문이다.

칠 할이나 되는데도 기 펴지 못하는 이들

피보다 연하다고 걸핏하면 따돌리기 일쑤 다수를 차지하고도 큰소리 한번 못 쳤지 저들끼리 자리 놓고 피 터지게 싸우다가도 필요하다 싶으면 물불 안 가리고 찾아댔지 우리들 도움 없

이는 뿌리부터 우듬지까지 단 하루도 못 버티면서 있을 때 잘해
야지 생명수니 샘 같다느니 정화수에 약수 자체거늘 지조 없는
물 같다 욕하지 말아야지 가만있는 우리더러 저들끼리 흔들어
놓고 소신 없이 흔들린다 함부로 말 말아야지

치솟는 몸값 따라서
기 펼 날도 머잖소
–「물로 보는 거야」 전문

중장이 길게 늘어난 사설시조다. 사설시조는 짧은 정형에 갇힌 단시조의 갑갑함을 털어내고 소설 같은 이야기, 서사를 넣기 위해, 또는 판소리에서 재밌게 중언부언하는 말맛을 내며 서사를 진행하는 사설 효과를 주기 위해 시조의 한 장르로 정형화된 양식이다.

위 시에서도 그런 말맛을 내며 좌와 우 양극단으로 갈린 작금의 사회를 드러내고 있다. 날카롭게 비판하는 풍자가 아니라 재치 있는 해학 정신으로 나가고 있어 재밌고 더 포용력 있게 읽힌다. 최 시인 특유의 유희 정신을 살리기 위해 사설로 나간 시편들을 이번 시집에서는 종종 볼 수 있다.

아등바등 붙들수록 흔들리는 무게중심

살포시 건드리는 그 바람 때문이라는

수국이 자리 지키는 기울기를 읽는다

–「마음 사전 4」 전문

'마음 사전'이란 제목에서도 알 수 있듯 마음을 붙들고 있는 시다. 이런 '마음 사전' 연작을 이번 시집에서는 몇 편 선보이고 있다. 붙들려 하면 가는 모래알 손아귀를 빠져나가고, 빠져나가면 휑한 마음. 바람 불면 물 위에 파문 일듯 무늬지는 마음의 본디 자리를 지키려는 마음공부가 그대로 전해지는 시다.

물방울이 얹어져 기울다 다시 털어내고 중심을 잡는 수국꽃이나 연잎, 연꽃처럼 마음의 중심, 중도中道를 잡으려 애쓰고 있다. 이런 '마음 사전' 연작을 통해 최 시인이 천진과 해학, 서정과 지금 이곳의 삶의 공존을 다 아우르면서도 한 편의 좋은 시로써 중심을 잡으려 애쓰는 모습을 그대로 읽을 수 있다.

삼라만상 구분 없이 함께 어우러지는 공존의 서정

백목련 나란한 매화

점점 흰 꿈을 꾸고

동백 옆 홍매화는

소문 없이 붉어가는

좁은 터 서로를 기대

봄 박자를 젓는다

—「나눔이 길이 되는」 전문

꽃들이 서로서로 피어나 봄을 부르는 풍경을 서정적으로 그린 단시조다. 초장에서는 백목련꽃 옆에 흰 매화가 하얗게 핀 모습을, 중장에서는 붉은 동백꽃 옆에 역시 붉은 홍매화가 피는 모습을 그리고 있다. 그러다 종장에 와서는 그런 봄 풍경에서 세상사 자연의 순리를 읽어내고 있다. "좁은 터 서로를 기대" 봄을 만끽하고 있다고. 서로서로 어울려 사는 공존의 철학을 서정적으로 펴고 있는 시다.

이렇게 이번 시집에서는 삼라만상과 인간이 어우러져 사는 공존의 철학을 무리 없이 쉽고도 재밌게 서정적으로 형상화해 내고 있다.

벌 나비 발길 없이 들락날락 손 탔을까

사랑의 종소리가 꽃대궁에 퍼져간다

도토리 단꿈에 젖는

솔로 탈출 언저리

꽃이란 이름으로 콧대 높이지 않는다
잎사귀 품을 열어 누구든 반겨주는
산 중턱 참나무 가로수
때를 알고 몸 낮춘다
–「바람 수분受粉」 전문

매화며 동백만 꽃을 피우는 게 아니다. 참나무 도토리나무도 봄이면 꽃을 피운다. 그래서 도토리 열매도 맺는 것이다. 위 시는 도토리나무가 도토리를 맺는 것을 보고 재밌게 쓴 시다. 꽃답지 않아 아무도, 벌 나비도 들락거리지 않았을 도토리 꽃대궁에도 도토리가 맺혔다. 풍매화風媒花, 바람 수분 한 것이다.

그런 도토리 열매를 매개로 하여 자연스럽게 콧대 높이지 않고, 몸 낮추어 모든 것 다 받아들여야 서로서로 열매 맺으며 잘 살 수 있다는 것을 보여주고 있는 시다. 도토리 꽃대궁 하나를 바라보는 천진하고 장난스러운 상상에서 공존의 철학을 일구고 있는 것이다.

얽혀서 꾸는 꿈이 때때로 시들커든
피 나눈 층층끼리 아우르고 싶거들랑
거푸집 아파트살이 아웅다웅 부칠 때

아래서 뻗은 가지 위에서 손을 잡고
산울림 함께 크는 기림사 뒤편 숲속
볕뉘를 나누어가며 층층나무 꽃 핀다
–「층층이 산다」 전문

나뭇가지가 수평으로 돌아가며 층층이 나고 그 위에 꽃이 피는 형상에서 붙여진 이름 층층나무. 그런 나무 이름을 재밌게 형상화하며 아등바등 사는 삶에서 공존 철학을 전하고 있는 두 수로 된 연시조다.

앞 수에서는 층층이 살며 층간의 문제로 아웅다웅하는 아파트 삶, 오늘의 세태를 보여주고 있다. 뒤 수에서는 숲속에서 층층이 볕뉘, 햇볕을 나누며 꽃을 피우는 층층나무를 그리고 있다. 하여 그런 숲속 대자연처럼 층층이 밀어주고 끌어주며 손잡고 아울러 사는 공존 철학을 전하고 있는 시다.

선택 없는 흑과 백
눈감은 낭떠러지

방향 튼 바람 앞에 떠밀릴 줄 모르는

내일은 잘 어우러진
색색 무지개 뜰까

—「바둑판도 아닌데」 전문

바둑판 위 흑백 싸움 같은 지금 우리네 정치, 사회 행태를 강하게 비판하고 있는 시다. 세상이 어디를 향하고 있는지도 모른 채 눈감고 낭떠러지 공멸로 가고 있어 공존의 철학이 긴요하게 요청되는 시점이기에 시대적 당위성도 있다.

그러나 지난 연대의 현실 비판시나 민중시와 위 시는 차원이 다르다. 흑백 어느 한쪽에 속해 다른 쪽을 비판, 타도하는 게 아니라 양쪽 다 싸잡고 잘 어우러지게끔 하고 있지 않은가. 흑백이 아니라 색색의, 층층의 무지개를 뜨게 하고 있지 않은가. 이게 바로 이번 시집에서 최 시인이 서정과 해학에 바탕 해 펴고 있는 천진한 공존의 철학이다.

통돌이 세탁조가 과제를 발표한다
같은 물 나눠 먹고 땟자국 지워가는
어울러 살아가는 법
통 안에서 익힌단다

쉬운 일 힘든 일도 뒤엉켜 나눠보면
하루하루 씨름하는 참살이 터득할까
물벼락 맞은 자리에 사람 내음 입힌다

새뜻한 안목으로 젖은 꿈 말려가며
잘 익힌 멋을 얹어 새 길로 달려 나갈
채움을 아우른 무대 박수갈채 터진다
–「휴머니스트」 전문

이번 시집의 표제작인 세 수로 된 연시조다. 첫 수 초장부터 어린애 같은 천진함과 유희 정신이 돋보인다. 그러면서 통돌이 세탁기를 빌려 사람답게 사는, 공존의 세상살이를 구체적으로 보여주고 희망하고 있는 시다.

첫 수에서는 한 통 속에서 돌아가면서 서로 부대끼며 땟자국 지우고 어울려 살아가는 법을 세탁기를 통해 구체적으로 보여주고 있다. 둘째 수에서는 그런 공존의 삶이 인간세계로 확장되고 있다. 특히 종장 "물벼락 맞은 자리에 사람 내음 입힌다"에서 서로서로 때를 씻겨주고 화해하는 사람 냄새 나는 세상, 사람답게 사는 휴머니즘 세상을 바라는 이 시집 전체를 아우르는 주제가 드러난다. 그러다 마지막 수에서는 잘 세탁된 옷을 입고 새로운 세상, 새 길로 달려 나갈 채비를 하고 있다.

이렇듯 이번 시집에서는 인터넷으로 국경이 허물어지고, 또 인공지능으로 인해 인간의 정체성마저 흔들리는 이 사이버 신유목 시대를 휴머니즘 세계로 가꾸려는 시편들도 많이 보인다.

첨단 문명 시대를 참스럽게 이끌려는 인간다운 서정

목줄 쥔 손가락이 휴대폰에 빠져든 새
영역을 표시하는 견공의 구식 셈법
끝나도 끝난 줄 모르는
아날로그와 디지털

액정에 비친 저를 킁킁대며 바라보다
빠르게 지나가는 화면을 내어주며
가까이 다가갈 수 없는
허공인 듯 비빈다

발 멈춘 풍경 한 폭 공존이 배경이다
그은 선을 지키는 따뜻함이 밀려드는
생태천 산책의 자리
두 세계가 돌아간다
–「공존 그 어딘가」 전문

이번 시집 『휴머니스트』의 대주제인 공존과 시인 특유의 천진스러운 유희 정신이 빛나는 시다. 반려견을 끌고 생태천변을 산책하며 휴대폰에 빠져드는, 요즘 흔히 볼 수 있는 풍경을 통해 아날로그에서 디지털로 넘어가는 시대상을 둘러보게 하고 있다.

세 수로 된 연시조 첫 수에서는 디지털 시대로 빠져들 수밖에 없는 인간과, 생래적으로 영역표시를 하며 아날로그 구식으로 사는 개를 한 폭의 풍경으로 대비해 놓고 있다. 둘째 수에서는 그런 개처럼 아날로그 시대에 서투르거나 그 안으로 선뜻 빠져들기를 거부하는 인간을 떠올리고 있다. 그렇지 않던가. 실제 대신 허상이 판치는 디지털 세상을 뒤로하고 자꾸 아날로그 구식의 삶을 그리워하고 선호하는 사람들 또한 많지 않던가. 그래 그런 자연적 삶으로 돌아가려 하천도 다시 복원해 자연을 흐르게 하는 생태천 사업도 공공적으로 벌이고 있지 않은가. 그래도 문명의 발전은 어쩔 수 없이 인간을 디지털 세계로 편입시키고 있지 않은가. 그런 첨단의 시대상 속에서 마지막 수에서는 공존을 펼쳐 보이고 있다. 문명의 발전 속에서도 따뜻한 인간의 온기가 느껴지는 휴머니즘에 바탕 한, 디지털과 아날로그가 공존하는 세상을 한 폭의 풍경으로 말하고 있는 시가 「공존 그 어딘가」다.

어디든 설렘이다 부름을 받는 일은
꽃의 손짓 하나에 꿀이 차오르듯
바람이 물고 온 풀씨
앉을 자리 찾는다

겨우내 눈빛 속에 휑하던 언덕배기
싸리꽃 멍석딸기 첫발을 디딘 그날
묻어둔 이름을 불러 채팅방을 펼친다

톡톡톡 떨군 씨앗 꽃 되고 열매 맺는
모서리 갈고 닦은 둥근 언어의 시간
박새도 응원을 한다
푸른 말을 나른다
—「풀꽃 단톡방」 전문

참 예쁘고 활기찬 시다. 여기저기서 날아온 풀씨들이 여기저기에 꽃을 피우고 벌 나비 날아들게 하고 새들 지저귀게 하는 봄 언덕을 그린 시다. 아니, 그런 봄날 풀꽃들처럼 아름답고 활기 넘치는 휴대폰 단체 채팅방을 그리고 있는 시다. 풀꽃의 아날로그 자연과 채팅 앱의 디지털 문명이 한 치의 벌어진 틈 없이 어우러지며 공존하고 있는 시다.

시간과 공간을 뛰어넘는 사이버 디지털 시대, 참 편리한 점도 많다. 그에 비례해서 참 속도 상하고 마음을 다치는 일들도 많다. 단톡방 등에 난무하는 해로운 언어들로 인해 상처받은 사람들이 어디 한둘인가. 그럼에도 위 시는 그런 단톡방을 언덕배기 봄 꽃밭처럼 여기고 있다. 왜? 우리 문명과 사회는 이미 디지털 시대로 접어들었으니 그런 시대를 잘 가꾸어나가기 위해서다. 날카로워 남을 해치는 언어는 잘 갈고 닦아야 한다는 반성도 들어 있는 시다. 이처럼 이번 시집에는 현대 첨단 문명 시대를 반성하며 잘 이끌려는 시인의 노력이 돋보이는 시편들도 적잖이 눈에 띈다.

만진 건 다리 하나 코끼린 못 그리지

패거리 모여 앉아 뱀 다리라 말하기도

유튜브 믿고 따르다 중심 잡기 힘들지
–「알고리즘 군중」 전문

자기네 패거리 이념에 빠져 공동 공존 사회를 파국으로 몰고 가는 요즘 세태를 따끔하게 질타하고 있는 시다. 단시조로 잘 정리, 응축해 놓아 중도를 취하는 사람이면 누구든 후련해할 시다. 그래서 사회와 세태 비판 시로서는 아주 잘 읽힐 시다.

흔드는 바람 앞에 대꾸 한마디 않는

불씨를 깊이 묻은 제 사랑 지키고 선

다 버린 순한 사내는 배경으로 환하다

—「대한, 나목」 전문

가장 춥고 혹독한 겨울, 대한大寒에 나뭇잎 다 떨구고 발가벗은 채 찬 바람 맞고 있는 나무를 그린 시다. 그런 풍경을 '대한, 나목'이란 제목으로 압축해 단번에 전하고 있다. '제목이 시의 반은 먹고 간다'는 말이 시단에선 일반적으로 나올 정도로 제목 잡기가 어려운데 『휴머니스트』에 실린 시편들의 제목은 참 잘 달려 있다. 제목만으로도 그 시의 주제와 분위기가 그대로 잡혀 오니.

위 시에서는 최 시인 특유의 유희 정신과 서정이 한껏 빛을 발하고 있다. 단수 초장에서부터 "흔드는 바람 앞에 대꾸 한마디 않는"이라며 대뜸 겨울 나목을 자연스레 회화화, 의인화해 놓고 있다. 그러면서 중장에서는 사랑의 불씨를 깊이 간직하고 있으니 혹한의 바람에 추워하거나 흔들릴 필요 없다 한다. 그러다 마지막 종장에서는 나목을 버릴 것 다 버린 순하고 환한 사내로 보며 시인도 그 나무에 동화돼 가고 있다.

서정의 제일 시학은 이렇게 너와 나는 같다는 '동일성의 시학'으로 대상과 격의 없이 동화돼 가는 것이다. 주객의 나눔 없이, 시인과 독자와의 나눔도 없이 삼라만상 모두와 동화돼 가는 서정이기에 그 공감의 폭도 넓고 깊은 것이다. 지금 우리 사회의 첨단 문명을 아우르며 폭넓고 깊은 서정을 자연스레 펼쳐 보이려 무진 애를 쓰고 있는 시인의 노력이 돋보이는 시편들도 시집 곳곳에서 눈에 띈다.

애쓴 만큼 서정의 절창, 시조 세계를 새롭게 열어가는 시편들

한때는 솎아내야 예뻤던 그 머리숱
불사른 젊음 너머 바람이 들락대다
빈자리 메꿀 수 없는
이냥저냥 늦가을

출생을 앞지르는 사망 수치 읽는 오후
눈에 띄게 주는 인구 도시도 탈모 중이다
별의별 좋다는 약들
처방전이 겉돈다
–「어색한 비유」 전문

제목에서부터 시 쓰기의 어려움을 엿볼 수 있게 하는 시다. 앞뒤 수가 '탈모'를 주제 또는 소재로 하여 연결된 연시조다. 그러나 탈모에 대한 앞뒤 수의 비유의 차원이 엇갈려 한 편의 시조로 엮기엔 제목처럼 어색해 보인다.

앞 수에서는 여름엔 솎아내야 할 정도로 무성했던 이파리들이 단풍으로 불타오르다 바람에 떨어지는 늦가을 풍경을 탈모에 비유하고 있다. 인생 사계절 중 탈모의 가을에 비유하며 허허롭지만 그래도 살아야 할 생을 "이냥저냥 늦가을"이란 서정적 절창으로 맺고 있어 공감력을 끝 간 데 없이 확장하고 있다. 뒤 수에서는 세계 최저의 출산율로 날로 인구가 줄고 있는 우리나라 현실을 탈모에 비유하여, 좋은 약도 다 써봤지만 백약이 무효라 맺고 있다.

이렇게 서정적 비유와 현실적 비유의 어색한 조합이 되니 뒤 수는 빼고 앞 수만 제목을 달리 달아주면 빼어난 단시조가 될 것 같다. 이처럼 이번 시집 속에는 서정적 절창에 이르기 위해 애쓴 흔적이 보이는 시편들도 적잖다.

바람이 눌러앉은 돌담을 필사하면
긴 음절 마디마다 열어둔 창이 있다
안과 밖 발걸음들이 낮게 낮게 넘나든

모나고 둥글둥글한 다름을 끌어안고
귀천 없는 자리매김 어울려 함께 가는
틈새로 오고 가는 말 소통이라 읽는다

비바람 걸러가며 피워 올린 민무늬
군더더기 다 지우니 조화미 생긴 걸까
발돋움 수더분한 배경

벽이 아닌 길이다
–「생략된 미학」 전문

좋은 시 쓰는 역정을 돌담에 무리 없이 비유해 나가고 있는 빼어난 서정시다. 그러면서 이 시집의 대주제랄 수 있는 공존의 휴머니즘, 조화미로도 나아가고 있는 시다. 제목 '생략된 미학'에서도 돌담을 소재로 하여 시 쓰기를 드러낸 시임을 금방 알아챌 수 있게 하고 있다.

세 수로 된 이 연시조에서 첫째 수는 바람이 숭숭 통하고 들여다볼 것을 보이게 하고 안 볼 것은 안 보이게 하는 돌담의 틈새와 시를 절묘하게 결합하고 있다. 의미와 소리, 안과 밖을 열어둔 틈새가 돌담이고 시어 아닐 것인가. 둘째 수에서는 그런 틈새에서 나오는 언어, 시의 소통을 말하고 있다. 이러저러한 돌들이 차별 없이 모여 돌담이 되듯 시 또한 이런저런 언어들로 조화롭게 모인 것 아닌가. 그래 안과 밖, 시인과 독자를 소통시키는 것 아닌가. 그래서 돌담과 시는 소통이라고 마지막 수는 확인해 주고 있다.

작금의 시편들은 소통이 잘 안되면서도 길고 장황하다. 요즘 세태에 시와 사회의 최고의 미덕은 생략, 응축과 조화, 소통에 있음을 잘 드러내고 있는 시다.

포장을 풀지 않은 연초록 가장자리

오가는 푸른 말을 마디마디 덧대간다
잎새가 가다듬는 길
낮은 몸짓에 설레다

신록 이력 앞세워 어깨 으쓱대지 않는
발끝에 힘을 주며 하루를 건너간다
여린 틈 밀어 올리는
이파리가 꽃이다
—「꽃의 반어법」 전문

이른 봄꽃 이울고 피어나는 연초록 새 이파리들은 꽃보다 더 예쁘다. 그런 신록에 빗대어 시 쓰기를 말하고 있는 시임을 제목 '꽃의 반어법'에서부터 알아채게 하고 있는 두 수로 된 연시조다.

좋은 시는 꽃처럼 아름답게 치장하지 않는다. 오가는 소통이지 자기 탐닉에 함몰되는 마스터베이션이 절대 아니다. 관행적이거나 소통이 안돼 죽은 말이 아니라 개봉하지 않아도 제 스스로 새롭게 솟아나는 푸른 말이라는 것을 성실한 시 쓰기 체험으로 전하고 있다.

헐렁한 매무새로 풀밭을 서성이다
잎새가 품고 있는 풋정을 매만진다

잊고 산 말간 둘레를 돌아보는 해거름

가끔은 꿈길 열어 깍지 끼고 뛰어놀던
약속 따위 없었어도 길모퉁이 돌고 있을
클로버 네 잎을 찾는
긴 여행의 끝자락
–「그때 거기」 전문

제목처럼 '그때 거기'를 '지금 여기'서 찾고 있는 시다. 잊고 산, 아니 살아 잊히지 않는 것들을 현재에 말갛게 떠올리고 있는 참 좋은 서정시다. 그렇다. 우리가 지금 살고 정을 펴는 서정의 시간은 영원한 현재진행형이다. 과거의 추억과 미래의 예감이 지금 이 순간 함께한다는 '순간성의 시학'이 '동일성의 시학'과 함께 서정의 양대 시학이다.

위 시에서는 풀밭을 거닐다 풋풋한 풀잎새에서 풋정을 봐내며 풀과 시인이 일치되고 있다. 그러면서 네잎클로버를 찾고 풀꽃 반지 깍지 끼워주던 그때 거기를 아득히 떠올린다. 그런 그리움이 길모퉁이 돌아서 올 것임을 예감하며 영원한 현재진행형으로 나아가고 있는 시다.

그래 이론마다 구구한 동일성과 순간성의 서정시학을 군더더기 없이 잘 보여주고 있는 시다. 이렇게 최 시인은 시의 본질은 서정이고 서정이 가장 잘 정형화된 시 양식이 시조임을 항

상 염두에 두고 삼라만상이 함께 어울려 두루두루 잘 살아가는 서정시 세계를 새롭고 믿음직하게 열어가고 있다.